楚辭辯證上

余既集王洪騷注顧其訓故文義之外猶有不可不知者然慮文字之太繁覽者或沒溺而失其要也別記于後以備參考慶元己未三月戊辰

目録

洪氏目録九歌下注云一本此下皆有傳字晁氏本則自九辯以下乃有之呂伯恭讀詩記引鄭氏詩譜曰小雅十六篇大雅十八篇爲

正經孔頴達曰凡書非正經者謂之傳未知此傳在何書也按楚辭屈原離騷謂之經自宋玉九辯以下皆謂之傳以此例考之則六月以下小雅之傳也民勞以下大雅之傳也孔氏謂九非正經者謂之傳善矣又謂未知此傳在何書則非也然則呂氏是据晁本而言但洪晁二本今亦未見其的据更當傳考之耳

洪氏又云今本九辯第八而釋文以爲第二蓋

釋文乃依古本而後人始以作者先後次叙之然不言其何時何人也今按天聖十年陳說之序以爲舊本篇第混并首尾差互乃考其人之先後重定其篇然則今本說之所定也歟

七諫九懷九歎九思雖爲騷體然其詞氣平緩意不深切如無所疾痛而強爲呻吟者就其中諫歎猶或粗有可觀兩王則卑巳甚矣故雖幸附書尾而人莫之讀今亦不復以累篇袠也賈傅之詞於西京爲最高且惜誓已著于篇而二賦尤精乃不取亦不可曉故今并録以附焉若揚雄則尤刻意於楚學者然其反騷實乃屈子之罪人也洪氏譏之當矣舊録既不之取今亦不欲特收姑别定爲一篇使居八卷之外而并著洪說於其後蓋古今同異之說皆聚於此亦得因以明之庶幾紛紛或小定云

離騷經

王逸曰同列大夫上官靳尚妬害其能似以爲同列之大夫姓上官而名靳尚者洪氏曰史記云上官大夫與之同列又云用事臣靳尚則是兩人明甚逸以騷名家者不應繆誤如此然詞不別白亦足以誤後人矣

離騷經之所以名王逸以爲離別也騷愁也經徑也言已放逐離別中心愁思猶依道徑以風諫君也此說非是史遷班固顏師古之說得之矣

秦誑楚絕齊交是惠王時事又誘楚會武關是昭王時事王逸誤以爲一事洪氏正之爲是

王逸曰離騷之文依詩取興引類譬喻故善鳥香草以配忠貞惡禽臭物以比讒佞靈脩美人以媲於君宓妃佚女以譬賢臣虬龍鸞鳳以託君子飄風雲霓以爲小人今按逸此言有得有失其言配忠貞比讒佞靈脩美人者得之蓋即詩所謂比也若宓妃佚女則便是美人虬龍鸞鳳則亦善鳥之類耳不當別出

一條更立它義也飄風雲霓亦非小人之比逸說皆誤其辯當詳說於後云

王逸曰楚武王子瑕受屈以爲客卿客卿戰國時官爲它國之人遊宦者設春秋初年未有此事亦無此官況瑕又本國之王子乎

蔡邕曰朕我也古者上下共之至秦乃獨以爲尊稱後遂因之補注有此亦覽者所當知也

王逸以太歲在寅曰攝提格遂以爲屈子生於寅年寅月寅日得陰陽之正中補注因之爲說援据甚廣以今考之月日雖寅而歲則未必寅也蓋攝提自是星名即劉向所言攝提失方孟陬無紀而注謂攝提之星隨斗柄以指十二辰者也其曰攝提貞于孟陬乃謂斗柄正指寅位之月耳非太歲在寅之名也必爲歲名則其下少一格字而貞于二字亦爲衍文矣故今正之（劉向本引用古語見大戴禮注云攝提左右六星與斗柄相直恒指中氣）

惟庚寅吾以降豈維紉夫蕙茝夫唯捷徑以窘

步据字書惟从心者思也維从糸者繫也皆語辭也唯从口者專詞也應詞也三字不同用各有當然古書多通用之此亦然也後放此

凡說詩者固當句爲之釋然亦但能見其句中之訓故字義而已至於一章之内上下相承首尾相應之大指自當通全章而論之乃得其意今王逸爲騷解乃於上半句下便入訓詁而下半句下又通上半句文義而再釋之則其重複而繁碎甚矣補注旣不能正又因其誤今並删去而放詩傳之例一以全章爲斷先釋字義然後通解章内之意云

古音能叶代又乃代蓋於篇首發此一端以見篇内凡韻皆叶非謂獨此字爲然而它韻皆不必協也故洪本載歐陽公蘇子容孫莘老本於多艱夕替下注徐鉉云古之字音多與今異如皂亦音香乃亦音仍他皆放此蓋古今失傳不可詳究如艱與替之類亦應叶

但失其傳耳夫騷韻於俗音不叶者多而三家之本獨於此字立說則是它字皆可類推而獨此爲未合也黃長睿乃謂或韻或否爲楚聲其考之亦不詳矣近世吳棫才老始究其說作補音補韻援据根原甚精且博而余故友黃子厚及古田蔣全甫祖其遺說亦各有所論著今皆已附于注矣讀者詳之

蘭蕙名物補注所引本草言之甚詳已得之矣復引劉次莊云今沅澧所生花在春則黃在秋則紫而春黃不若秋紫之芬馥又引黃魯直云一榦一花而香有餘者蘭一榦數花而香不足者蕙則又疑其不同而不能決其是非也今按本草所言之蘭雖未之識然亦云似澤蘭則今處處有之可推其類以得之矣蕙則自爲零陵香而尤不難識其與人家所種葉類茅而花有兩種如黃說者皆不相似劉說則又詞不分明未知其所指者果何物也大氐古之所謂香草必其花葉皆香而燥

濕不變故可刈而爲佩若今之所謂蘭蕙則其花雖香而葉乃無氣其香雖美而質弱易萎皆非可刈而佩者也其非古人所指甚明但不知自何時而誤耳

美人說并見靈脩條下

椉一作乗馳一作馳憑一作憑又作馮草一作艸又作卉芓一作余菹一作葅此類錯舉一二以見之不能盡出也

三后若果如舊說不應其下方言堯舜疑謂三

皇或少昊顓頊高辛也

荃以喻君疑當時之俗或以香草更相稱謂之詞非君臣之君也此又借以寄意於君非直以小草喻至尊也舊注云人君被服芬香故以名之尤爲謬說

謇難於言也蹇難於行也

洪注引顏師古曰舍止息也屋舍次舍皆此義論語不舍晝夜謂曉夕不息耳今人或音捨者非是

九天之說已見天問注以中央八方言之誤矣

離騷以靈脩美人目君蓋託爲男女之辭而寓意於君非以是直指而名之也靈脩言其秀慧而脩飾以婦悅夫之名也美人直謂美好之人以男悅女之號也今王逸輩乃直以指君而又訓靈脩爲神明遠見釋美人爲服飾美好失之遠矣

索與妬叶即索音素洪氏曰書序八索徐氏有素音

非世俗之所服洪氏曰李善本以世爲時爲代以民爲人皆以避唐諱爾今當正之

彭咸洪引顏師古以爲殷之介士不得其志而投江以死與王逸異然二說皆不知其所据也

諑音卓則當从豖又許穢反則當从喙耳

洪氏曰偭規矩而改錯者反常而妄作背繩墨以追曲者枉道以從時論揚雄作反離騷言恐重華之不纍與而曰余恐重華與沈江而

死不與投閤而生也又釋懷沙曰知死之不可讓則舍生而取義可也所惡有甚於死者豈復愛七尺之軀哉其言偉然可立懦夫之氣此所以忤檜相而卒貶死也可悲也哉近歲以來風俗頹壞士大夫間遂不復聞有道此等語者此又深可畏云

舊注以攘詬爲除去恥辱誅讒佞之人非也彼方遭時用事而吾以罪戾廢逐苟得免於後咎餘責則已幸矣又何彼之能除哉爲此說者雖若不識事勢然其志亦深可憐云

延佇將反洪以同姓之義言之亦非文意王逸行迷之義亦然

補注引水經曰屈原有賢姊聞原放逐來歸喻之令自寬全鄉人因名其地曰姊歸後以爲縣縣北有原故宅宅之東北有女頦廟擣衣石尚存今存於此

騷經女頦之嬋媛湘君女嬋媛兮爲余太息哀郢心嬋媛而傷懷三處王注皆云猶牽引也悲回風忽傾

寤以嬋媛王注云心覺自傷又痛惻也詳此二字蓋顧戀留連之意王注意近而語疎也

補注曰女須詈原之意蓋欲其爲甯武之愚而不欲其爲史魚之直耳非責其不爲上官靳尚以徇懷王之意也而說者謂其詈原不與衆合以承君意誤矣此說甚善

九辯不見於經傳不可考而九歌著於虞書周禮左氏春秋其爲舜禹之樂無疑至屈子爲騷經乃有啓九辯九歌之說則其爲誤亦無疑王逸雖不見古文尚書然据左氏爲說則不誤矣顧以不敢斥屈子之非遂以啓脩禹樂爲解則又誤也至洪氏爲補注正當据經傳以破二誤而不唯不能顧乃引山海經三嬪之說以爲證則又大爲妖妄而其誤益以甚矣然爲山海經者本据此書而傳會之其於此條蓋又得其誤本若它謬妄之可驗者亦非一而古今諸儒皆不之覺反謂屈原多用其語尤爲可笑今當於天問言之此未

暇論也五臣以啓爲開其說尤謬王逸於下文又謂太康不用啓樂自作淫聲今詳本文亦初無此意若謂啓有此樂而太康樂之太過則差近之然經傳所無則自不必論也

循脩唐人所寫多相混故思玄賦注引脩繩墨而解作遵字即循字之義也

覽民德焉錯輔但謂求有德者而置其輔相之力使之王天下耳注謂置以爲君又生賢佐以輔之恐不應如此重複之甚也

此篇所言陳詞於舜及上欵帝閽歷訪神妃及使鸞鳳飛騰鴆鳩爲媒等語其大意所比固皆有謂至於經涉山川驅役百神下至飄風雲霓之屬則亦汎爲寓言而未必有所擬倫矣二注類皆曲爲之說反害文義至於縣圃閶風扶桑若木之類亦非實事不足考信今皆略存梗槩不復盡載而詳說也

王逸以靈瑣爲楚王省閤非文義也

注以羲和爲日御補注又引山海經云東南海

外有羲和之國有女子名曰羲和是生十日常浴日於甘洲注云羲和始生日月者也故堯因立羲和之官以掌天地四時此等虚誕之說其始止因堯典出日納日之文口耳相傳失其本指而好恠之人恥其謬誤遂乃增飾傅會必欲使之與經爲一而後已其言無理本不足以欺人而古今文士相承引用莫有覺其妄者爲此注者乃不信經而引以爲說蔽惑至此甚可歎也

望舒飛廉鸞鳳雷師飄風雲霓但言神靈爲之擁護服役以見其仗衛威儀之盛耳初無善惡之分也舊注曲爲之說以月爲清白之臣風爲號令之象鸞鳳爲明智之士而雷師獨以震驚百里之故使爲諸侯皆無義理至以飄風雲霓爲小人則夫卷阿之言飄風自南孟子之言民望湯武如雲霓者皆爲小人之象也耶

王逸又以飄風雲霓之來迎己蓋欲己與之同

旣不許之遂使閽見拒而不得見帝此爲穿
鑿之甚不知何所据而生此也

沈約郊居賦雌霓連蜷讀作入聲司馬温公云
約賦但取聲律便美非霓不可讀爲平聲也
故今定離騷雲霓爲平聲九章遠遊爲入聲
蓋各從其聲之便也

王逸說徃觀四荒處巳云欲求賢君蓋得屈原
之意矣至上下求索處又謂欲求賢人與己
同志不知何所据而異其說也

舊注以高丘無女下女可詒皆賢臣之譬非是
下女說詳見於九歌可考也

溘字補注兩處皆巳解爲奄忽之義至此遊春
宮處乃云無奄忽之義不知何故自爲矛盾
至此

虙妃一作宓妃說文虙房六反虎行皃宓美畢
反安也集韻云虙與伏同虙犧氏亦姓也宓
與密同亦姓俗作宓非是補注引顔之推說
云宓字本从虍虙子賤即伏犧之後而其碑

文說濟南伏生又子賤之後是知古字伏虙
通用而俗書作宓或復加山而并轉爲密音
耳此非大義所繫今亦姑存其說以備參考

王逸以虙妃喻隱士既非文義又以蹇脩爲伏
羲氏之臣亦不知其何据也又謂隱者不肯
仕不可與共事君亦爲衍說

孟子不理於口漢書無俚之至說者皆訓爲賴
則理固有賴音矣

尒雅說四極恐未必然邠國近在秦隴非絶遠
之地也

舊說有娀國在不周之北恐其不應絶遠如此
又言求佚女爲求忠賢與共事君亦非是

鴆及雄鳩其取喻爲有意具文可見注於它說
亦欲援此爲例則鑿矣補注又引淮南說運
日知晏則鴆乃小人之有智者故雖能爲讒
賊而屈原亦因其才而使之是以屈原爲眞
嘗使鴆媒簡狄而爲所賣也其固滯乃如此
甚可笑也

鳳皇既受詒舊以爲既受我之禮而將行者誤
矣審尒則高辛何由而先我哉正爲己用鴆
鴆而彼使鳳皇其勢不敵故恐其先得之耳
又或謂以高辛喻諸國之賢君亦非文勢
留二姚亦求君之意舊說以爲愽求衆賢非是
或問終古之義曰開闢之初今之所始也宇宙
之末古之所終也考工記曰輪已庳則於馬
終古登阤也注曰終古常也正謂常如登阤
無有已時猶釋氏之言盡未來際也

两美必合此亦託於男女而言之注直以君臣
爲說則得其意而失其辭也下章孰求美而
釋女亦然至說豈惟是其有女而曰豈唯楚
有忠臣則失之遠矣其以芳草爲賢君則又
有時而得之大率前人讀書不先尋其綱領
故一出一入得失不常類多如此幽昧眩曜
二語乃原自念之辭以爲苍靈氛者亦非是
楚人以重午插艾於要豈其故俗耶
補注以爲靈氛之占勸屈原以遠去在異姓則

可在原則不可故以爲疑而欲再決之巫咸也考上文但謂舉世昏亂無適而可故不能無疑於氛之言耳同姓之説上文初無來歷不知洪何所据而言此亦求之太過也

皇即謂百神不必言天使也

陞降上下謂上君下臣者亦繆説

傅説太公甯戚皆巫咸語補注以爲原語非也

鶗鴂顏師古以爲子規一名杜鵑服虔陸佃以爲鶗一名伯勞未知孰是然子規以三月鳴

乃衆芳極盛之時鶗以七月鳴則陰氣至而衆芳歇矣又鴂鶗音亦相近疑服陸二説是

莫好脩之害二注或謂上不好用忠直或謂下不好自脩皆非是

此辭之例以香草比君子王逸之言是矣然屈子以世亂俗衰人多變節故自前章蘭芷不芳之後乃更歎其化爲惡物至於此章遂深責椒蘭之不可恃以爲誅首而揭車江離亦以次而書罪焉蓋其所感益以深矣初非以

爲實有是人而以椒蘭爲名字者也而史遷作屈原傳乃有令尹子蘭之說班氏古今人表又有令尹子椒之名既因此章之語而失之使此詞首尾橫斷意思不活王逸因之又訛以爲司馬子蘭大夫子椒而不復記其香草臭物之論流誤千載遂無一人覺其非者甚可歎也使其果然則又當有子車子離子椴之儔蓋不知其幾人矣

化與離協易曰日昃之離不鼓缶而歌則大耋之嗟則離可爲力加反又傳曰通其變使民不倦神而化之使民宜之則化可爲胡圭反服賦庚子日斜遷史以斜爲施此韻亦可考

王逸以求女爲求同志已失本指而五臣又讀女爲汝則并其音而失之也

卒章瓊枝之屬皆寓言耳注家曲爲比類非也

博雅曰崑崙虛赤水出其東南陬河水出其東北陬洋水出其西北陬弱水出其西南陬河水入東海三水入南海後漢書注云崑崙山

在今肅州酒泉縣西南山有昆侖之體故名之二書之語似得其實水經又言崑崙去嵩高五萬里則恐不能若是之遠當更考之
待與期叶易小象待有與之叶者即其例也

九歌

楚俗祠祭之歌今不可得而聞矣然計其間或以陰巫下陽神以陽主接陰鬼則其辭之褻慢淫荒當有不可道者故屈原因而文之以寄吾區區忠君愛國之意比其類則宜為三頌之屬而論其辭則反為國風再變之鄭衛矣及徐而深味其意則雖不得於君而愛慕無已之心於此為尤切是以君子猶有取焉蓋以君臣之義而言則其全篇皆以事神為比不雜它意以事神之意而言則其篇內又或自為賦為比為興而各有當也然後之讀者昧於全體之為比故其疏者以它求而不似其密者又直致而太迫又其甚則并其篇中文義之曲折而失之皆無復當日吟咏

情性之本旨蓋諸篇之失此爲尤甚今不得而不正也又篇名九歌而實十有一章蓋不可曉舊以九爲陽數者尤爲衍說或疑猶有虞夏九歌之遺聲亦不可考今姑闕之以俟知者然非義之所急也

璆鏘鳴兮琳琅注引禹貢釋璆琳琅皆爲玉名恐其立語不應如此之重複故今獨以孔子世家環佩玉聲璆然爲證庶幾得其本意

舊說以靈爲巫而不知其本以神之所降而得名蓋靈者神也非巫也若但巫也則此云姣服義猶可通至於下章則所謂既留者又何患其不留也耶漢樂歌云神安留亦指巫而言耳

若英若即如也猶詩言美如英耳注以若爲杜若則不成文理矣

帝服注爲五方之帝亦未有以見其必然

猋說文從三犬而釋爲羣犬走皃然大人賦有猋風涌而雲浮者其字從三火蓋別一字也

此類皆當從三火

東皇太一舊說以爲原意謂人盡心以事神則神惠以福今竭忠以事君而君不見信故爲此以自傷補注又謂此言人臣陳德義禮樂以事上則上無憂患雲中君舊說以爲事神已訖復念懷王不明而太息憂勞補注又謂以雲神喻君德而懷王不能故心以爲憂皆外增贅說以害全篇之大指曲生碎義以亂本文之正意且其目君不亦太迫矣乎

吾乘桂舟吾蓋爲祭者之詞舊注直以爲屈原則太迫補注又謂言湘君容色之美以喻賢臣則又失其章指矣

女嬋媛舊注以爲女須似無關涉但與騷經用字偶同耳以思君爲直指懷王則太迫又不知其寄意於湘君則使此一篇之意皆無所歸宿也

心異媒勞王注以爲與君心不同則太迫而失題意補注又因輕絕而謂同姓無可絕之義

則尤乖於文義也
石瀨飛龍一章說者尤多舛謬其曰它人交不
忠則相怨我則雖不見信而不以怨人補注
又云臣忠於君君宜見信而反告我以不閒
此原陳己志於湘君也不知前人如何讀書
而於其文義之曉然者乃直乖戾如此全無
來歷關涉也其曰君初與我期共爲治而後
以讒言見弃此乃得其本意而亦失其詞命
之曲折也

湘君一篇情意曲折最爲詳盡而爲說者之謬
爲尤多以至全然不見其語意之脉絡次第
至其卒章猶以遺玦捐袂爲求賢而采杜若
爲好賢之無已皆無復有文理也
佳人召予正指湘夫人而言而五臣謂若有君
命則亦將然補注以佳人爲賢人同志者如
此則此篇何以名爲湘夫人乎
九歌諸篇賓主彼我之辭最爲難辨舊說往往
亂之故文意多不屬今頗已正之矣

何壽夭兮在予舊說人之壽夭皆其自取何在
於我已失文意或又以爲喻人主當制生殺
之柄尤無意謂
王逸以離居爲隱士補注又以此爲屈原許神
之辭皆失本指
王逸以乘龍冲天而愈思愁人爲抗志高遠而
猶有所不樂全失文義補注謂喻君舍己而
不顧意則是而語太迫也
夫人兮自有美子衆說皆未論辭之本指得失
如何但於其說中已自不成文理不知何故

如此讀書也
咸池或如字下隔句與來字力之反叶
東君之吾舊說誤以爲日故有息馬懸車之說
疑所引淮南子反因此而生也至於低回而
顧懷則其義有不通矣又必強爲之說以爲
思其故居夫日之運行初無停息豈有故居
之可思哉此既明爲謬說而推言之者又以
爲譏人君之迷而不復也則其穿鑿愈甚矣

又解聲色娱人爲言君有明德百姓皆注其耳目亦行説且必若此則其下文緪瑟交鼓之云者又誰爲主而見其來之蔽日耶聲色娱人觀者忘歸正爲主祭迎日之人低回顧懷而見其下方所陳之樂聲色之盛如此耳緪瑟交鼓靈保賢姱即其事也或疑但爲日出之時聲光可愛如朱丞相秀水録所載登州見日初出時海波皆赤洶洶有聲者亦恐未必然也蓋審若此則當言其燀赫震動之可畏不得以娱人爲言矣聊記其説以廣異聞

北斗字舊音斗爲主以詩考之行葦主醹斗耇爲韻卷阿厚主爲韻此類甚多但不知此非叶韻而舊音特出此字其説果何爲耳

舊説河伯位視大夫屈原以官相友故得汝之其鑿如此又云河伯之居沈没水中喻賢人之不得其所也夫謂之河伯則居於水中固其所矣而以爲失其所則不知使之居於何

處乃爲得其所耶此於上下文義皆無所當
眞衍說也
堂宮中或云當並叶堂韻宮字已見雲中君中
字今閩音正爲當字
山鬼一篇謬說最多不可勝辯而以公子爲公
子椒者尤可笑也
終不見天嘗見有讀天字屬下句者問之則曰
韓詩天路幽險難追攀語蓋祖此審尒則韓
子亦誤矣

或問魂魄之義曰子產有言物生始化曰魄既
生魄陽曰魂孔子曰氣也者神之盛也魄也
者鬼之盛也鄭氏注曰噓吸出入者氣也耳
目之精明爲魄氣則魂之謂也淮南子曰天
氣爲魂地氣爲魄高誘注曰魂人陽神也魄
人陰神也此數說者其於魂魄之義詳矣蓋
嘗推之物生始化云者謂受形之初精血之
聚其間有靈者名之曰魄也既生魄陽曰魂
者既生此魄便有暖氣其間有神者名之曰

魂也二者既合然後有物易所謂精氣爲物者是也及其散也則魂遊而爲神魄降而爲鬼矣說者乃不考此而但据左疏之言其以神靈分陰陽者雖若有理但以嘘吸之動者爲魄則失之矣其言附形之靈附氣之神似亦近是但其下文所分又不免於有差其謂魄識少而魂識多亦非也但有運用畜藏之異耳

雄與凌叶今閩人有謂雄爲形者正古之遺聲也

楚辭辯證下

天問

隅隈之數注引淮南子言天有九野九千九百九十九隅此其無稽亦甚矣哉

論衡云日晝行千里夜行千里如此則天地之間狹亦甚矣此王充之陋也

顧菟在腹此言兔在月中則顧菟但爲兔之名號耳而上官桀曰逐麋之犬當爲顧菟耶則顧當爲瞻顧之義而非兔名又莊辛曰見菟而顧犬亦因菟用顧字而其取義又異蓋不可曉且兔與菟同是一字見於說文而其形聲皆異又不知其自何時始別異之也

補注引山海經言鮌竊帝之息壤以堙洪水帝令祝融殛之羽郊詳其文意所謂帝者似指上帝蓋上帝欲息此壤不欲使人干之故鮌竊之而帝怒也後來柳子厚蘇子瞻皆用此說其意甚明又祝融顓帝之後死而爲神蓋言上帝使其神誅鮌也若堯舜時則無此人

久矣此山海經之妄也後禹事中又引淮南
子言禹以息壤窴洪水土不減耗掘之益多
其言又與前事自相抵牾若是壤也果帝所
息則父竊之而殛死子掘之而成功何帝之
喜怒不常乃如是耶此又淮南子之妄也大
氏古今說天問者皆本此二書今以文意考
之疑此二書本皆緣解此問而作而此問之
言特戰國時俚俗相傳之語如今世俗僧伽
降無之祈許遜斬蛟蜃精之類本無稽據而
好事者遂假託撰造以實之明理之士皆可

以一笑而揮之政不必深與辯也
補注引淮南說增城高一萬一千里百一十四
步二尺六寸尤爲可笑豈有度萬里之遠而
能計其跬步尺寸之餘者乎此蓋欲覽者以
爲己所親見而曾實計之而不知適所以章
其譎而且謬也柳對本意似有意於破諸妄
說而於此章反以西王母者實之又何惑耶
補注引淮南子說崑崙虛旁有四百四十門而

其西北隅北門開以納不周之風皆是注解此書之語予之所疑又可驗其必然矣

雄虺九首倏忽焉在此一事耳其詞本與招魂相表裏王注得之但失不引招魂爲證耳而柳子不深考乃引莊子南北二帝之名以破其說則既失其本指而又使雄虺一句爲無所問其失愈遠矣補注雖知柳說之非然亦不引招魂以訂其文義之缺乃直以莊周寓言不足信者詆之周之寓言誠不足信然豈不猶愈於康回燭龍之屬乃信彼而疑此何哉一語之微無所關於義理而說者至三失之而況其有深於是者耶

雄虺倏忽或云今嶺南有異蛇能一日行數百里以逐人者即此物但不見說有九首耳

補注說今湖州武康縣東有防風山山東二百步有禹山防風廟在封禺二山之間洪君晚居霅川當得其實

巴蛇事下注中食鹿出骨事似若迂誕然予嘗

見山中人說大蛇能吞人家所伏雞卵而登木自絞以出其殼者人甚苦之因爲木卵著藪中蛇不知而吞之遂絞而裂云

羿焉彈日烏焉解羽洪引歸藏云羿彈十日補注引山海經注曰天有十日日之數十也然一日方至一日方出雖有十日自使以次迭出而今俱見乃爲妖怪故羿仰天控弦而九日潛退耳按此十日本是自甲至癸耳而傳者誤以爲十日並出之說注者既知其誤又

爲此說以彌縫之而其誕益彰然世人猶或信之亦可怪也

啓代益作后卒然離蠥王逸以益失位爲離蠥固非文義補以有扈不服爲離蠥文義粗通然亦未安或恐當時傳聞別有事實也史記燕人說禹崩益行天子事而啓率其徒攻益奪之汲冢書至云益爲啓所殺是則豈不敢謂益既失位而復有陰謀爲啓之蠥啓能憂之而遂殺益爲能達其拘乎然此事要當質

以孟子之言齊東鄙論不足信也
啓棘賓商四字本是啓夢賓天而世傳兩本彼此互有得失遂致紛紜不復可曉蓋作山海經者所見之本夢天二字不誤獨以賓嬪相似遂誤以賓爲嬪而造爲啓上三嬪于天之說以實其謬王逸所傳之本賓字幸得不誤乃以篆文夢天二字中間壞滅獨存四外有似棘商遂誤以夢爲棘以天爲商而於注中又以列陳宮商爲說洪則既引三嬪以注騷

經而於此篇反据王本而解爲急於賓禮商契以今考之凡此三家均爲穿鑿而以事理言之則山海之恠妄爲尤甚以文義言之則王注之訓詁爲尤踈洪則兼承二誤而又兩失之且謂屈原多用山海經語而不知山海實因此書而作三嬪又本此句一字之誤其爲紕漏又益甚矣獨柳子貿嬪之對似覺山海之謬然亦不能深察而明著之是以其義雖正而亦不能以自伸也大氐古書之誤類

多如此讀者若能虛心靜慮徐以求之則解后之間或當偶得其實顧乃安於苟且狃於穿鑿牽於援据僅得一說而遽執之便以爲是以故不能得其本真而巳誤之中或復生誤此邢子才所以獨有日思誤書之適又有思之若不能得則便不勞讀書之對雖若出於戲劇然實天下之名言也

勤子屠母舊注引帝王世紀言禹腷剥母背而生補又引干寶言黃初五年汝南民妻生男從右脇下水腹上出而平和自若母子無恙以爲證此事有無固未可定然上句言啓事而未有所問則此句不應反說禹初生時事矣故疑當爲啓母化石事也

該秉季德王逸以爲湯能秉契之末德而厥父契善之以契爲湯父固謬柳又以爲即左傳所云少皡氏之子該爲蓐收者亦與有扈事不相關唯洪氏以爲啓者近之疑該即啓字轉寫之誤也但終斃于有扈牧夫牛羊乃似

謂啓爲有扈所獘而牧夫牛羊者不知又何說也下章又云有扈牧豎亦不可曉豈以少康嘗爲牧正而誤邪大率此篇所問有扈羿浞事或相混并蓋其傳聞之誤當闕之耳

到擊紂躬叔旦不嘉王逸云武王始至孟津八百諸侯不期而到皆曰紂可伐也白魚入于王舟羣臣咸曰休哉周公曰雖休勿休未詳所據

齊桓九會九本糾字借作九耳左傳展禽犒師之言正作糾字糾合宗族亦此義也唯莊子九雜天下之川作九則亦古字通用而非九數之驗也諸儒通計九會之數不合遂有裳衣兵車之辨蓋鑿說也然此辭亦作九會則其誤也久矣如公羊穀梁故是戰國時人也

余始讀詩得吴氏補音見其疑於殷武三章嚴遑之韻亦不能曉及讀此篇見其以嚴叶亡乃得其例余於吴氏書多所刊補皆此類今見詩集傳

九章

屈子初放猶未嘗有奮然自絶之意故九歌天問遠游卜居以及此卷惜誦涉江哀郢諸篇皆無一語以及自沈之事而其詞氣雍容整暇尚無以異於平日若九歌則含意悽惋戀嫪低徊所以自媚於其君者尤爲深厚騷經漁父懷沙雖有彭咸江魚死不可讓之説然猶未有決然之計也是以其詞雖切而猶未失其常度抽思以下死期漸迫至惜往日悲回風則其身已臨沅湘之淵而命在晷刻矣顧恐小人蔽君之罪闇而不章不得以爲後世深切著明之戒故忍死以畢其詞焉計其出於瞀亂煩惑之際而其傾輸罄竭又不欲使吾長逝之後冥漠之中胷次介然有毫髮之不盡則固宜有不暇擇其辭之精粗而悉吐之者矣故原之作其志之切而詞之哀蓋未有甚於此數篇者讀者其深味之眞可爲慟哭而流涕也

惜誦首章非字誤爲作字使兩章文意不明中間善惡字誤爲中情使一章音韻不叶今已正之讀者可以無疑矣

涉江舊說取譬之詳皆衍說也

哀郢楚文王自丹陽徙江陵謂之郢後九世平王城之又後十世爲秦所拔而楚徙東郢

抽思何獨樂斯之謇謇兮願蓀美之可完文理甚明而王逸解獨樂爲毒藥補注又引瞑眩之語以實之必欲如此强爲之說豈不可通

但別本如此文自分明不必强穿鑿耳然今本皆出王逸不知別本又何自而得此本語也

孰不實而有穫詳上文實當作殖然自王逸巳解作空穗則其誤久矣穫一作獲亦非也

懷沙攺叶音己按鄭注儀禮釋用己日爲自變攺則二字音義固相近也

懷質抱情獨無匹兮諸本皆同史記亦然而王逸訓匹爲雙補注云俗字作疋則其來久矣

但下句云伯樂既没驥焉程兮於韻不叶故嘗疑之而以上下文意及上篇并日夜而無正者證之知匹當作正乃與下句音義皆叶然猶未敢必其然也及讀哀時命之篇則其詞有曰懷瑶象而握瓊兮願陳列而無正正與此句相似其上下句又皆以榮逞成生爲韻又與此同然後斷然知其當改而無疑也

惜往日受命詔以昭時時一作詩說者便引國語楚教太子以詩爲說殊無意謂

介子立枯事補注以左傳爲据而不之信然此詞明言立枯又云縞素而哭莊子亦有抱木之說固未可以一說而盡疑之也

悲回風施黃棘之枉策補注据史記楚懷王二十五年入與秦盟于黃棘其後爲秦所欺卒以客死今頃襄王又信任姦回將亡其國故言已之所以假延日月無以自處者以其君欲復施黃棘之枉策也其說雖有事證然與此文理絶不相入不若舊說之爲安也

遠遊

客有語余者曰高宗恭默思道夢帝賚以良弼寤而求之即得傅說遂以爲相若使夢賚之夕應時即生則自繈緥之間以及強立之歲亦須二三十年始堪任用王者政令所出日有萬幾豈容數十年之間不發一語又虛相位以待乳下之嬰兒乎今書之言如此則是高宗既得此夢即時搜訪便得其人而已堪作相以代王言矣明是一旦忽然從天而下便爲成人無少長之漸也余聞其言心竊怪之而不敢答今讀此書洪注所引莊子音義已有傅說生無父母之說乃知古人之慮已有及此者矣洪氏引之而無他說則豈亦以是爲不易之論而無所疑也耶然則余之昧陋而見事獨遲爲可笑已

屈子載營魄之言本於老氏而揚雄又因其語以明月之盈闕其所指之事雖殊而其立文之意則一顧爲三書之解者皆不能通其說

故今合而論之庶乎其足以相明也蓋以車承人謂之載古今世俗之通言也以人登車亦謂之載則古文史類多有之如漢紀云劉章從謁者與載韓集云婦人以孺子載蓋皆此意而今三子之言其字義亦如此也但老子屈子以人之精神言之則其所謂營者字與熒同而爲晶明光炯之意其所謂魄則亦若余之所論於九歌者耳揚子以日月之光明論之則固以月之體質爲魄而日之光耀

爲魂也以人之精神言者其意蓋以魂陽動而魄陰靜魂火二而魄水一故曰載營魄抱一能勿離乎言以魂加魄以動守靜以火迫水以二守一而不相離如人登車而常載於其上則魂安靜而魄精明火不燥而水不溢固長生久視之要訣也屈子之言雖不致詳然以其所謂無滑而魂虛以待之之語推之則其意當亦出此無疑矣其以日月言者則謂日以其光加於月魄而爲之明如人登車

而載於其上也故曰月未望則載魄于西既
望則終魄于東其遡於日乎言月之方生則
以日之光加被於魄之西而漸滿其東以至
於望而後圜及既望矣則以日之光終守其
魄之東而漸虧其西以至於晦而後盡蓋月
遡日以爲明未望則日在其右既望則日在
其左故各向其所在而受光如民向君之化
而成俗也三子之言雖爲兩事而所言載魄
則其文義同爲一說故丹經歷術皆有納甲

之法互相資取以相發明蓋其理初不異也
但爲之說者不能深考如河上公之言老子
以營爲魂則固非字義而又并言人載魂魄
之上以得生當愛養之則又失其文意獨其
載字之義粗爲得之然不足以補其所失之
多也若王輔嗣以載爲處以營魄爲人所常
居之處則亦河上之意至於近世而蘇子由
王元澤之說出焉則此二人者平生之論如
水火之不同而於此義皆以魂爲神以魄爲

物而欲使神常載魄以行不欲使神為魄之所載洪慶善之於此書亦謂陽氣充魄為魂能運動則其生全矣則其意亦若蘇王之云而皆以載為以車承人之義矣是不唯非其文意且若如此則是將使神常勞動而魄亦不得以少息雖幸免於物欲沈溺之累而窈冥之中精一之妙反為強陽所挾以馳騖於紛拏膠擾之塗卒以陷於衆人傷生損壽之域而不自知也其於二子之意何如哉若其

說揚子者則皆以載為哉固失其指而李軌解魄為光尤為乖謬至宋貫之司馬公始覺其非然遂欲改魄為朏則亦未深考此載字之義而失之愈遠矣唯近歲王伯照以為未望則魄為明所載似得其理既而又曰既望則明為魄所終則是下句當曰終明而不當為終魄矣以此推之恐其於上句文義之鄉背亦未免如蘇氏王氏之云為自下而載上也大氐後人讀前人之書不能沈潛反覆求

其本義而輙以己意輕爲之說故其鹵莽有如此者况讀楚辭者徒玩意於浮華宜其忽此尤不暇深究其底蘊故余因爲辯之以爲覽者能因是以考焉則或泝流求原之一助也

登霞之霞本遐之借用猶曰適遠云爾曲禮告喪之詞乃又借以爲死之美稱也莊子作登假蓋亦此例但此篇注者遂解爲赤黄之氣釋莊音者又讀假爲格而訓至焉則其誤愈遠矣

卜居

史記有滑稽傳索隱云滑亂也稽同也言辯捷之人言非若是言是若非能亂異同也揚雄酒賦鴟夷滑稽顏師古曰滑稽圜轉縱捨無窮之狀此詞所用二字之意當以顏說爲正

漁父

衣叶於巾反者禮記一戎衣鄭讀爲殷古韻通也

九辯

悲秋舊說取譬煩雜皆失本意

有美一人注指懷王非是心不繹注訓繹爲解即當作釋補訓抽絲乃說爲繹字耳又疑或是懌字喜悅意耳

無伯樂之善相今誰使乎譽之譽一作訾相度之義也又與上句知字叶韻故當作訾爲是且作譽而四句皆以之字爲韻

朱雀一作榮非是蓋下與蒼龍爲對皆爲飛行之物不當作榮王注亦自作雀不知洪本何以作榮也茇茇音旆蓋言朱雀飛揚其翼茇茇然也今一作芙音於表反乃隨榮字誤解耳

輕輬輬一作輕非是輕字義證甚明輕乃車之行見於義不通

招魂

後世招魂之禮有不專爲死人者如杜子美彭

猗行云㸑湯濯我足剪紙招我魂蓋當時關
陜間風俗道路勞苦之餘則皆爲此禮以袚
除而慰安之也近世高抑崇作送終禮云越
俗有暴死者則亟使人徧於衢路以其姓名
呼之往往而甦以此言之又見古人於此誠
有望其復生非徒爲是文具而已也
恐後之如漢武帝遣人取司馬相如遺文而曰
若後之矣之意注云言已在它人後也
此篇所言四方怪物如十日代出之類決是誕

妄無可疑者其它小小異事如東方長人南
方雕題殺人祭鬼蛇虺封狐西方流沙求水
不得北方層冰飛雪之類則或往往有之如
五代史言北方之極魑魅龍蛇白晝羣行蓋
地偏氣異自然如此不足怪也
無木謂之臺有木謂之榭一曰凡屋無室曰榭
說文乃云臺觀四方而高者榭臺有屋也說
文與二說不同以春秋宣榭火考之則榭有
屋明矣

卒章心字舊蘇含反蓋以下叶南韻然於上句楓字却不叶此不知楓有孚金南有尼金可韻而誤以楓爲散句耳心字但當如字而以楓南二字叶之乃得其讀前亦多此例矣

大招

周頌陟降庭止傳注訓庭爲直而說之云文王之進退其臣皆由直道諸儒祖之無敢違者而顏監於匡衡傳所引獨釋之曰言若有神明臨其朝廷也蓋匡衡時未行毛說顏監又精史學而不梏於專經之陋故其言獨能如此無所阿隨而得經之本指也余舊讀詩而愛顏說然尚疑其無据及讀此詞乃有登降堂只之文於是益信陟降庭止之爲古語其義審如顏說而無疑也顏注漢書時有發明於經指多若此類如訓棐爲匪尤爲明切足證孔安國張平子之繆其視韋昭之徒專守毛鄭而不能一出己見者相去遠矣

晁錄

王逸所傳楚辭篇次本出劉向其七諫以下無足觀者而王褒爲最下余已論於前矣近世晁無咎以其所載不盡古今詞賦之美因別録續楚辭變離騷爲兩書則凡詞之如騷者已略備矣自原之後作者繼起而宋玉賈生相如揚雄爲之冠然較其實則宋馬辭有餘而理不足長於頌美而短於規過雄乃專爲偷生苟免之計既與原異趣矣其文又以摹擬掇拾之故斧鑿呈露脉理斷續其視宋馬

猶不逮也獨賈太傅以卓然命世英傑之材俯就騷律所出三篇皆非一時諸人所及而惜誓所謂黄鵠之一舉兮見山川之紆曲再舉兮睹天地之員方者又於其間超然拔出言意之表未易以筆墨蹊徑論其高下淺深也此外晁氏所取如荀卿子諸賦皆高古而成相之篇本擬工誦箴諫之詞其言姦臣蔽主擅權馴致移國之禍千古一轍可爲流涕其它如易水越人大風秋風天馬下及烏孫

公主諸王妃妾息夫躬晉陶潛唐韓柳本
朝王介父之山谷建業黃魯直之毀璧隕珠
邢端夫之秋風三疊其古今大小雅俗之變
雖或不同而晁氏亦或不能無所遺脫然皆
爲近楚語者其次則如班姬蔡琰王粲及唐
元結王維顧況亦差有味又此之外則晁氏
所謂過騷之言者非余之所敢知矣晁書新
序多爲義例辨說紛拏而無所發於義理殊
不足以爲此書之輕重且復自謂嘗爲史官
古文國書職當損益不惟其學而論其官固
已可笑況其所謂筆削者又徒能移易其篇
次而於其文字之同異得失猶不能有所正
也浮華之習徇名飾外其弊乃至於此可不
戒哉